中国音乐家协会社会音乐水平考级教材

全国

QUANGUOSHUANGPAIJIANDIANZIQIN
KAOJIZUOPINJI

双排键电子琴

考级作品集 （第二套）乐曲 下

第一级——第十级

U0121234

主编 王梅贞　　　执行主编 朱 磊

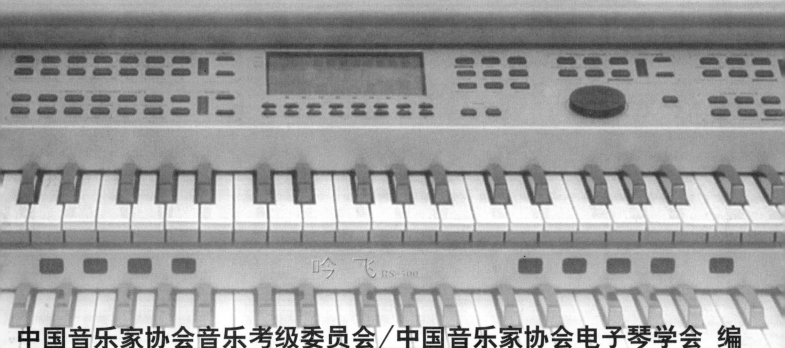

中国音乐家协会音乐考级委员会/中国音乐家协会电子琴学会 编

上海音乐出版社

旋 转 木 马

mini CD	DISK	8 级
EL-900	SONG	01

沙 洛 夫 曲
朱 磊 编配

148

※：（）内的音可不演奏

150

古巴水彩画

mini CD	DISK	8 级
EL-900	SONG	02

凡 切 里 曲
蔡 茅 编配

153

MEMORY
6

154

160

野 蜂 飞 舞

mini CD	DISK	8	级
EL-900	SONG	03	

里姆斯基·科萨科夫曲
曾 梦编配

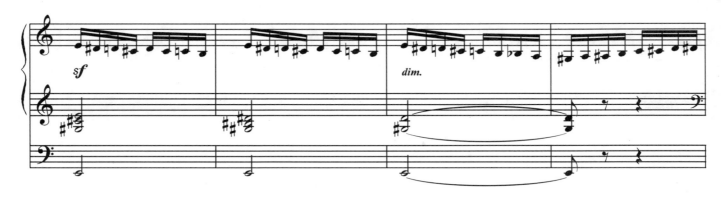

163

玛 依 拉

mini CD	DISK 8 级
EL-900	SONG 04

中 国 民 歌
季 承、晓 藕 改编
王葆栋编配

169

* 小音符可不弹

174

法国民歌主题变奏曲

mini CD	DISK	8 级
EL-900	SONG	05~07

贾　凌曲

179

185

186

春　天

mini CD	DISK	8 级
EL-900	SONG	08

罗马尼亚民间舞曲
尚　方编配

187

190

春 节 序 曲

mini CD	DISK	9 级
EL-900	SONG	01~06

李 涣 之曲
朱 峰编配

SEQ.① On, RHYTHM START On

※　此曲演奏前打开膝控器

193

195

爱 与 光

209

212

213

214

216

217

闹 元 宵

mini CD	DISK	9	级
EL-900	SONG	12~13	

鲍 元 恺 曲
谢英军编配

SEQ.① On, RHYTHM SYNCHRO START On

221

225

赶 歌 圩

mini CD	DISK	9	级
EL-900	SONG	14	

黄 天 恒 曲
陈家友 编曲
张美燕 编配

FOOT SWITCH—FILL IN

228

MEMORY
14

8va

rit.

FOOT SWITCH—START

Glissando

232

FOOT SWITCH—STOP

北京喜讯传边寨

mini CD | DISK 9 级
EL-900 | SONG 15~16

郑 路、马洪业曲
朱 磊编配

236

239

242

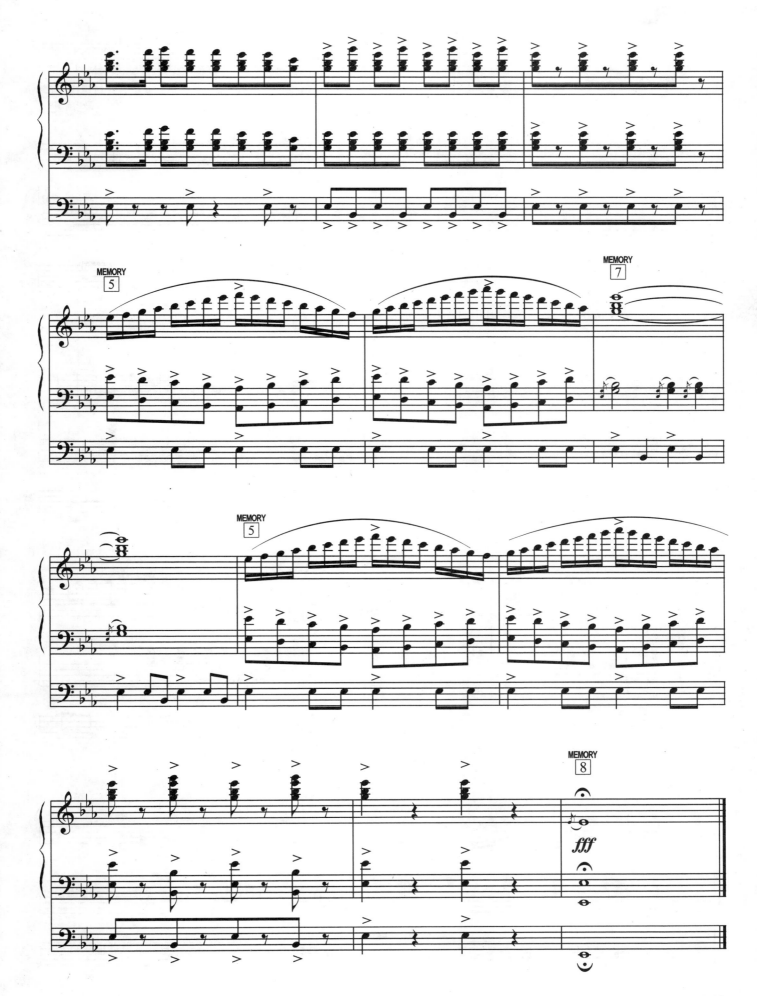

古 巴

mini CD	DISK 9 级
EL-900	SONG 17~18

Huljic 曲

谢 及 编配

244

245

246

249

MEMORY
5

MEMORY
14

251

252

254

陕 北 风 情

mini CD | DISK 10 级
EL-900 | SONG 01

王梅贞曲

注：L：左脚 R：右脚

259

261

264

265

托 卡 塔

mini CD	DISK 10 级
EL-900	SONG 02~04

康斯坦丁·奥斯库曲

贾 凌编曲

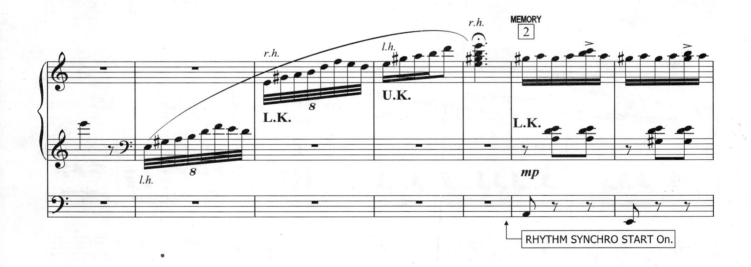

268

272

274

Adagio delente ad libituin

二 泉 映 月

mini CD	DISK 10 级
EL-900	SONG 05 ~09

华彦钧原曲
吴祖强编曲
高继勇编配

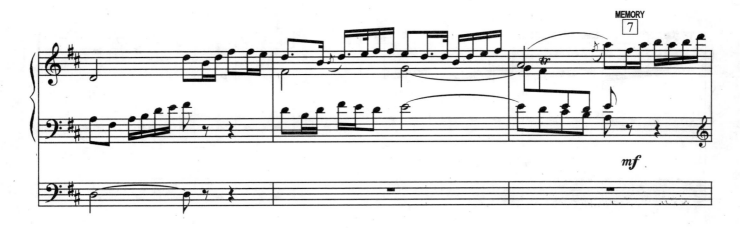

※ 此处用右手一指按PLAY键。

Temop I.

春江花月夜

mini CD	DISK 10 级
EL-900	SONG 10

中 国 古 曲
王晓莲编曲

＊：自由的反复演奏

287

289

左手刮黑键

（刮黑键）

FOOT SWITCH—STOP

U.K.

L.K.

291

荒 野 七 侠

mini CD	DISK	10 级
EL-900	SONG	11~13

伯恩斯坦曲
谢 及编配

295

296

298

看 秧 歌

mini CD	DISK 10 级
EL-900	SONG 14~17

鲍 元 恺曲
高继勇编配

Allegertto Vivo

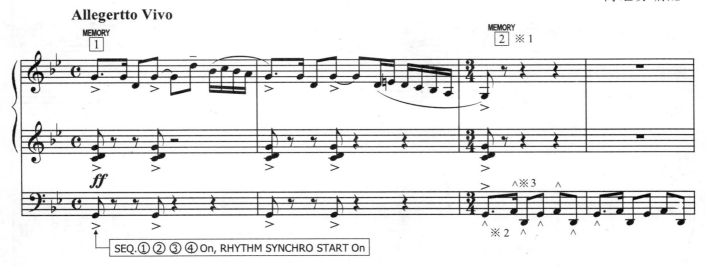

SEQ.①②③④On, RHYTHM SYNCHRO START On

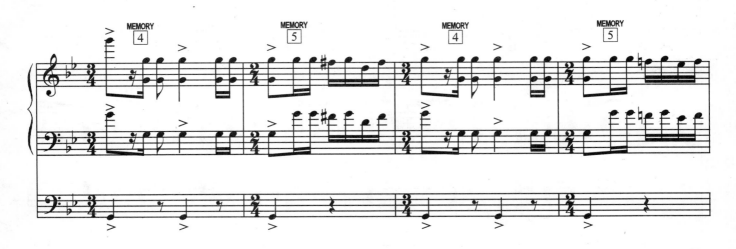

※1 此处用右手换音色。
※2 此处用左脚演奏。
※3 此处用右脚演奏。

※ 此处用双手模拟打击乐器在键盘上击打。

※ 此处用左手掌心滑奏。

304

※ 此处用右手换音色。

308

老实人序曲

mini CD	DISK	10 级
EL-900	SONG	18~22

伯恩斯坦曲
朱　磊编配

注：（）内音可不弹

314

317

322

SEQ. ④ On, RHYTHM SYNCHRO START On

U.K.（UPPER KEYBOARD）	● 在上键盘演奏
L.K.（LOWER KEYBOARD）	● 在下键盘演奏
P.K.（PEDAL KEYBOARD）	● 在脚脚盘演奏
I.T.（INITIAL TOUCH）	● 依靠击键的轻重来表现强弱的奏法
A.T.（AFTER TOUCH）	● 依靠触键后的压键来表现强弱的奏法
P.B.（PITCH BEND）	● 弯音轮；依靠第二表情踏板来演奏滑音的奏法
H.P.B.（HORIZONTAL TOUCH PITCH BEND）	● 水平触键弯音轮；依靠手指水平晃动来改变音高的奏法，只有在 EI-900 系列及 Stagea-01 系列型号具备此功能
r.h.	● 用右手演奏
l.h.	● 用左手演奏
MEMORY 1	● 音色记忆 1
MEMORY（1）	● 反复后第二次演奏时为音色记忆 1
NEXT	● 用脚踢动表情踏板右开关，读出下一个 Song 的音色
MDR SONG PLAY X	● 用手动方式读出 Song "X" 的音色
(2nd time)	● 第二次
RHYTHM START On	● 节奏开启
RHYTHM STOP	● 节奏关闭
RHYTHM SYNCHRO START On.	● 节奏同步功能开启
INTRO ON	● 前奏开启
FILL IN ON	● 插入开启
SEQ.① On.	● 序列 1 开启
SEQ.① On, RHYTHM SYNCHRO START On	● 序列 1 开启，节奏同步功能开启
INTRO＋RHYTHM SYNCHRO START On.	● 前奏开启，节奏同步功能开启
FOOT SWITCH—START	● 用脚踢动表情踏板左开关开启节奏
FOOT SWITCH—STOP	● 用脚踢动表情踏板左开关关闭节奏
FOOT SWITCH—FILL IN	● 用脚踢动表情踏板左开关开启插入
FOOT SWITCH—ENDING	● 用脚踢动表情踏板左开关开启尾奏
FOOT SWITCH—INTRO	● 用脚踢动表情踏板左开关开启前奏
FOOT SWITCH—GLIDE	● 用脚踢动表情踏板左开关演奏滑音

音色磁盘使用方法

乐谱附带的小数据光盘　　小数据光盘中的文件夹名称

mini CD	DISK	X	级
EL-900	SONG	X	

音色对应的乐器型号　　乐曲演奏音色在磁盘中的位置

1、将3.5寸软盘放入电脑软驱。
2、将小数据光盘（mini Disk）放到电脑中，打开你要演奏的级别文件夹。
3、将该级别文件夹中所有资料复制到软盘中。（一张软盘只能保存一个级别文件夹内的资料）
4、将3.5寸软盘取出，放到双排键的软驱中。
5、找到你要演奏乐曲的音色位置，按PLAY键读出音色资料，开始演奏。

音乐表情术语及速度力度标记

Grave	庄板	**Largo**	广板
Lento	慢板	**Adagio**	柔板
Andante	行板	**Andantino**	小行板
Moderato	中板	**Allegretto**	小快板
Allegro	快板	**Vivo**	快速有生气
Vivace	快速有生气	**Presto**	急板
Molto	很	**assai**	非常
Meno	稍少一些	**possible**	尽可能
poco	一点点	**piu**	更
non troppo	但不过甚	**sempre**	始终，一直
riten.(ritenuto)	突慢	**allargando**	渐慢渐强
smorzando	渐慢渐弱	**accelerando**	渐快
stringendo	渐快	**rall(rallentando)**	渐慢
a tempo	恢复原速	**tempo rubato**	速度较自由
pp	很弱	**p**	弱
mp	中弱	**mf**	中强
f	强	**ff**	很强
sf	突强	**fp**	强后即弱
accent	重音	**cresc.(crescendo)**	渐强
dim.(diminuendo)	渐弱	**poco a poco**	逐渐
agitato	激动不安地	**amabile**	愉快地
animato	生动活泼地	**brillante**	辉煌地
buffo	滑稽地	**cantabile**	如歌地
dolce	柔和温柔地	**dolente**	悲哀地
elegante	细致精美地	**espressivo**	有表情地
giocoso	诙谐地	**grandioso**	华丽地
grazioso	优美地	**leggiero**	轻快地
maestoso	庄严隆重地	**marcato**	着重清晰地
scherzando	诙谐地	**tranquillo**	安静地
legato	连奏	**staccato**	断奏

1. 上海音乐学院
2. 上海师范大学音乐学院
3. 大庆师范学院
4. 大连大学音乐学院
5. 广西艺术学院
6. 中央音乐学院
7. 天津音乐学院
8. 内蒙古科尔沁艺术职业学院
9. 北京现代音乐学院
10. 四川音乐学院
11. 辽宁师范大学
12. 华侨大学福建音乐学院
13. 江西师范大学音乐学院
14. 西安音乐学院
15. 沈阳音乐学院
16. 沈阳师范大学职业技术学院
17. 杭州师范学院音乐艺术学院
18. 武汉音乐学院
19. 现代管理大学艺术学院
20. 哈尔滨师范大学艺术学院
21. 哈尔滨学院艺术与设计学院
22. 星海音乐学院
23. 唐山师范学院
24. 浙江艺术职业学院
25. 浙江丽水学院艺术学院
26. 深圳艺术学校
27. 厦门大学艺术学院
28. 新疆师范大学音乐学院
29. 新疆艺术学院音乐学院
30. 福建艺术职业学院
31. 燕山大学

32. 上海音乐学院附中
33. 天津音乐学院附中
34. 四川音乐学院附中
35. 西安音乐学院附中
36. 沈阳音乐学院附中
37. 武汉音乐学院附中
38. 星海音乐学院附中
39. 沈阳音乐学院附属大连音乐舞蹈学校
40. 武汉音乐学院附小

中国音乐家协会双排键电子琴考级
乐曲参考演奏CD目录

1. 洗衣歌
2. 鸡啄拉格泰姆
3. 四小天鹅舞
4. 小星星变奏曲
5. 蓝猫
6. 铃儿响叮当
7. 意大利波尔卡
8. 美丽的夏牧场
9. 小河淌水
10. 超级玛莉
11. 狂欢舞曲
12. 我弄坏了单簧管
13. 拉德斯基进行曲
14. 走西口
15. 野蜂飞舞
16. 古巴水彩画
17. 玛依拉
18. 春天
19. 春节序曲
20. 闹元宵
21. 古巴
22. 陕北风情
23. 二泉映月
24. 春江花月夜
25. 看秧歌

DVD 演奏欣赏光盘目录

1. Real in "D"
2. 老实人序曲
3. 月光
4. 北京喜讯传边寨
5. 5000 Watt Power
6. 我心依旧
7. 敦煌随想
8. 旋转木马
9. 二重奏——歌剧"费加罗的婚礼"序曲
10. 曙光   笛子演奏：唐俊乔（中国著名笛子演奏家、上海音乐学院副教授）

双排键电子琴演奏：朱 磊（上海音乐学院现代器乐打击乐系主任、研究生导师、副教授）